KB070922

새는 나는 길을 안다

김하영 시집

시원
도서출판 L

어느새 고희를 맞이하여 노을 진 들녘을 바라보며 지난 세월
다시 생각한다.
항상 어떤 상황에서도 희망과 용기를 잃지 않고 나간다면
그보다 좋은 것이 없다.
세월이 가면서 이제는 많이 편안해지고 힘든 일들을 통해서도
배우는 게 많았다.
시는 살아온 삶을 거울처럼 드러내며
세월을 비추고 있다.
인간 모두가 상처를 보듬고 살아가는 존재가 아닌가
쓸수록 어려워지면서 또 시상詩想이 떠오르지 않아
한동안 고뇌를 안고 살기도 한다.
비록 미숙한 글이지만 독자 여러분들의 가슴에서
고운 심성으로 자라나 행복하고 아름다운 삶의 꽃으로
활짝 피어나기를 바라며 조심스레
시집을 세상 밖으로 선보이려 한다.
시집이 발간 될 수 있도록 격려와 위로를 아끼지 않았던
청송시인님들과 김송배 고문님께 감사드린다.

2017년 12월 겨울날
김 하 영

차 례

　＊ 시인의 말

제1부 / 긴장된 삶의 현장

차 례

제2부 / 세월은 흘러가고

제3부 / 종달새 높이 나는 소리

차 례

제4부 / 서울광장에 내린 어둠

제1부

긴장된 삶의 현장

삶의 현장

창밖 풍경 본다
고층빌딩 유리 벽 몸 기대
긴 로프줄 생명줄 걸어

로프줄 오른쪽 세제 물통 걸레 기구
왼쪽 물 호스 누르면 살수 놓으면 잠긴다
마지막 고무 브러시 민다
이들이 지나간 자리 유리같이 맑다

감히 흉내 낼 수 없는 긴장된 삶의 현장
치열한 저들의 삶 내 안으로 들어온다
지상에서 본 물체 사람 자동차 바닷게가
기어가는 것 같이 보인다
저들의 가족 가슴 졸이는 하루

오늘도 무사 안녕
그들만이 마천루 삶을 즐긴다.

(2014년 4월 24일. 마포구 한신빌딩 지상 18층 물청소 보며)

8

길道

길 인간이 존재하는 한
언제나 있다
그 길 완성이란 없다
완성이란 죽음
탈바꿈 지나지 않아

뜬구름 같은 우리들의 삶
도전하고 지나갈 뿐
길에는 수많은 애환 묻어있고
석양 붉은 노을 버리고
발자국 남을 뿐

그 길 젊음 뺏어가
나에게 새로움 갖다 주고
도전해서 나갈 뿐이다.

낙엽 落葉

자기 생의 무게 못 견디고
설움의 낙엽 되어
푸른 잎 낙엽 되어 타고 남은 재가 되어
삶의 뒤안길 눈물 흘린다

세상 무엇을 위해 살았나
누구를 위한 존재인가
잃고 얻은 것 무엇인가

내 인생 낙엽처럼 스쳐가는 인연
내 젊었던 삶
속절없는 그리움 향수에 젖고
낙엽처럼 내 인생도 뒹구네.

촛불소묘

내 몸 사르러
빛을 주고 소멸하는 꽃

한 몸으로 태어나
타오르는 불빛

어둠 중생 광명으로
세상 빛이 되리라

법당 촛불 한물 토해내며
흔적없이 해탈한다.

마지막 12월

마지막 달력 한 장 청마의 해
얼굴 잔주름 흰 머리카락
더 많이 섞이고 마음 몸도 낡아져
여기까지 무탈하게 걸어왔나

삶은 한 치 앞도 가늠 못하는 세상
일 초의 건너뜀도 용서치 않고
뚜벅뚜벅 걸어온 발자국 무게만큼 풀어놓고
내 얼굴 책임질 줄 아는 지천명 마지막 한 달

찬 겨울바람 질기게 허욕 쫓는
어리석음 묵묵히 지켜주는 굵은 나무처럼
올해 마지막 지나온 반성문 써본다

누구라도 청하지 않아도
아득한 별과 달빛같이
때가 되면 이별할 줄 아는
마음의 기도 12월 달력 다시 본다.

금충초禽蟲草

이 세상 황금의 풀로 나와
내 생은 풀로 자라 벌레로 생을 마감한다

삭풍이 몰아치는 티베트 해발 3000m 고산高山
여름은 황금색 풀로 자라
겨울은 벌레로 생을 마감
그 높은 고산

추운 눈보라 산
금충초 채집 위해 가파른 높은 산
3000m 높이 텐트 치고 몇 날 몇 달
치열한 생존의 삶

별이 쏟아지는 밤
우리한테 건강 주고
질병 없는 사회
금충초 황금빛 빛난다.

동화사桐華寺

천년 고찰 팔공 총림 동화사
팔공산 병풍으로 드리워져
493년(신라 흥덕왕) 극달화상 창건 유가사 불러
832년(신라 흥덕왕) 심지대사 중창

오동나무 상서롭게 꽃 피워
울창한 소나무 숲 사명대사 동화사
영남승군 사령부 승군 지휘
영남 영 아문 편액 그 시대 증명

지금도 그곳 사명대사 호령소리 귓전 울려
1992년 세계 최대 통일약사여래대불大佛 중창
높이 33미터 둘레 16.5미터 우람한 자태
중생 구비 살피다

고통 받는 중생 약사여래불께서 기도하면 가피
남북통일 기원해본다
천년 세월 중생 보듬어
종소리 팔공산 자락 울려 퍼진다.

영원永遠한 우정友情

작은 가슴 가득히
우정으로 채워
보석보다 아름답고
귀중한 추억 우리만 아는 미소

세월 살아가며 일등은 못해도
출세하지 못해도
갖춰놓고 살지 못해도
우정과 사랑 내 것이 있듯이
앞으로 그렇게 살아갑시다

내 가슴 영원한 느낌표
자욱져 있듯이 그대 가슴
영원한 느낌표로 살아가고 싶습니다
친구여.

어머니 사계四季

언제봐도 봄 햇살처럼
따뜻한 어머니
어린 시절 나를 감싸주던
따뜻한 손길
큰 바다처럼 출렁여주던 어머니 기도

가을 붉은 단풍처럼
이웃에게도 고운 마음 베풀어 주던 어머니 모습
한겨울 눈처럼 자신은 차갑게 다스리고
남에게 친절하고 보드랍게 대하시던
자상한 모습

날이 가고 달이 가도
마음은 더욱 그리움으로 가득하네.

천년千年을 살지라도

하루라는 오늘
오늘이라는 이 하루에
뜨는 해도 보고 지는 해도 다 보았다고

죽은 하루살이떼
죽을 때가 지났는데
나는 살아있지만
그 어느 날 그 하루도 산거 같지 않고

보면 천년을 산다고
문사文師는
멀고 먼 아득한 하루살이떼.

꿈의 희망 안고

온 세상 새벽 여명으로 가는
꿈의 열차 타고 탄자니아로 달려간다
흙먼지 날리는 한낮의 뜨거운 열기 40℃

한가로이 유희遊廻 하는 동물 떼
피부, 언어 다를 뿐 인간 삶 다를 바 없다
밤기차 타고 멀리 여행 떠나는

그 불빛 하나로 향기로운 사랑 복음 전하는
선교사업 부족함도 넘쳐도 부족하지 않은
어린 초롱초롱한 눈빛 아기 천사

해맑은 모습 복음 전하고 한국어도 제대로 잘 한다
이 세상 살고 싶어서 이국의 정취
피부로 느껴 별과 달과 약속도 한다

서로 떨어져 있어도 향기로운 꽃잎
내 모든 거 사람에게 전하고 싶다.

※ 탄자니아에서 부부선교사 이진용 목사

아지랑이

시작도 끝이 없다
갈길도 없다
둘러봐야 낭떠러지

한평생 살아 찾아온 절벽
삶도 죽음도 던져야 할 몸

정처 없이 떠돌아다니는 아지랑이
내 평생 살아온 아지랑이
방랑자되어 떠돌아다닌다.

도선사 導詵寺

천년의 세월 천년의 중생 마음
북악산 능선따라 도선국사의 숨소리 들린다
고요속 산사 우람한 전각

일주문 오고가는 사람 사천왕 보살펴줘
석불전 해마다 입시철 사람으로 발디딜 틈 없어
소원소원 빈다

추녀 밑 작은 종류 바람에 중생마음 실어
삼각산으로 울려 퍼진다
늦은 가을 산사 고요하다.

아버님 어머님

풍진 세월 살아온 부모님
예전엔 언제나 두 분 내 곁에 계셨습니다
충남 예산군 덕산면 시량리

고향 지키며 몇 대가 살아온 고향
내겐 늘 따뜻함과 위안이 되셨던
두 분의 포근한 가슴 뜨거웠습니다

아버님 어머님 산만큼 높고 바다같이 넓은 마음
저 높은 창공 넘어 광대한 우주가 있다 하더라도
사랑만큼 따뜻했습니다
살아계실 때 효도 한 번 못해드린 자식이지만
후회합니다

아침 햇살이 따갑게 비추고 지금은 저세상 계신 부모님
봄 여름 가을 겨울 사계절도 모르며
지하에 누워계신 두 분 해마다 산소 찾아가면
옛날 추억이 주마등처럼 흘러갑니다
부디 왕생극락 발원합니다.

품위 있는 노년

요즘 노래 가사 속에 백세 인생 보면서 상념에 젖곤 한다.

가진 자들에게 통하는 것이지 없는 자 한테는 하루가 열흘 같은 삶을 살아가는 노인이 많다.

우리나라 노인 인구가 갈수록 늘어나고 있다.

노인 인구 증가는 전 세계적 현상이기도 하다.

우리나라는 특히 빠르다. 미국 국립보건원(NIH)이 발표한 보고서에 따르면 우리나라 노인 인구 비중은 2050년 35.9%에 이르러 일본 다음으로 높은 것으로 예측된다.

한국 인구는 2050년에 2015년 현재보다 약 570만 명 줄어들어 세계에서 7번째 인구 감소 폭이 클 것으로 전망이다. 우리나라는 이미 노인 증가에 따른 여러 가지 문제를 겪고 있다. 노인 자살률이 경제협력기구(OECD) 가맹국 가운데 가장 높고 연고 없이 세상을 떠나는 노인도 늘어난다. 실로 가슴 아픈 사연들이 끊임없이 일어난다. 노년이 되어 정상적인 활동을 하기 힘들 때 가족이나 사회로부터 아무 도움을 받지 못하기 때문이다. 이런 상황에서 노인이 증가 한다는 것은 바로 힘겨운 삶이 늘어난다는 것을 의미한다.

노년을 슬프거나 외롭지 않게 보내기 위한 대책이 시급하다. 젊은 시절에 교육비나 의료비 부담을 줄여 줌으로써 저축하거나 자기 계발할 수 있는 여력을 확보해주는 것이 요구된다.

젊은이도 언젠가는 노인이 된다는 것을 알아야 한다.
필멸의 인간에게 주어진 숙명이다.
인생은 석양의 노을이 질 때 가장 아름답다.

도전은 아름답다

봄이 시작되는 듯 하더니 어느새 초록과 꽃내음
가득한 계절 봄은 생명이 살아나는 계절이다
인생은 수레바퀴처럼 돌고 돌아가는 삶이다
성공을 위한 도전 마음으로 최선을 다하는 결과

책 속에 답이 있다
모든 도전이 반드시 성공으로 이어지는 것은 아니다
성공보다 실패를 더 많이 경험할 수도 있다
실패에 쉽게 낙담하거나 포기해서도 안 된다

모든 도전에 성공과 실패가 공존하므로
우리 한 번의 실패에 낙담하기보다
이를 교훈으로 삼아 다음 도전 준비하려는
자세를 지녀야 한다

도전의 진정한 의미는 성공 여부가 아니라
무언가 도전하는 과정에 있으며 실패를 통한
성취는 더 값진 자양분으로 더 큰 성공을 위한
밑거름이 될 것이기 때문이다.

고희古希

2016년 4월 4일(음. 2. 27.) 1947년 2월 27일 丁亥生
엄마 뱃속 태어나 아장아장 걷던 첫출발
모진 풍파 헤치며 밀물과 썰물이 지난 大海

강산의 일곱 번째 맞이하는 고희
내가 여기까지 왔나 회상해본다
당신은 늘 중심中心이 있다 그 어느 순간에도

당신은 내 마음에서 한 번도 떠난 적 없었고
반려자伴侶者로서 나 또한 내안內眼에서 잊어 본 적 없었다
살아가는 동안 당신의 사랑 안에서 보람된 세월歲月을 위해

이상理想을 위해 하루도 마음 편한 날이 없었지
모든 거 참으며 모든 거 믿으며
모든 것을 다 바쳐 나아질 것이다

70회 고희 맞는 날
그새 내가 고희인가 생각해본다
지는 석양을 바라보며 돌이켜본다.

인생 열차

우리는 지금 어디쯤 가고 있을까
초특급 인생 열차 타고 봄역을 출발하여
여름 가을역 경유하여 겨울역 향해
숨 가쁘게 달리고 있다

봄꽃에 취해 청춘이 가는 줄 모르고
땡볕 열대야 밤낮 가리지 않고
악을 쓰며 울어대는 매미소리
불면의 여름밤 어느새 하늘거리는
코스모스 꽃잎 눈길을 줘

이제 가을이란 낙엽 지는 겨울을 향해
희끗해진 머리 검은색 칠하고
늘어난 주름진 눈가
인생열차가 탈선이라도 하여
잠시 멈추었으면 좋으련만

무심한 인생열차 인생의 종착역 향해
전 속력으로 달린다
인생은 덧없이 무상하다.

새벽 첫 전동차

홍대입구역 일요일 밤새 마신 술
월요일 새벽 첫 전동차 안
역겨운 술 냄새 진동
젊은 남녀 짝지어 마신 술

개미같이 부지런한 나이 많은 할아버지 할머니
중년 부인 일터로 가고 있다
힘겨운 가족의 멍에를 지고
땀 흘리며 바삐 움직이는 일손

홍대의 목로주점 카페에 비치는
창가 술잔에 고이는 한숨으로 마시고
새벽 까만 밤하늘 바라보며
홍대 로데오거리 24시간 젊음으로 붐빈다.

(2017년 5월 낭송 글)

가을 들녘

황금 가을 들녘 걸어가
연등불 밝히고 즐비하게 늘어선
사과나무 거대한 크리스마스트리 같아

곁에서 귀 기울이면 사과 익어가는 소리
사그락사그락 들려와
유난히 더웠던 여름

차바의 태풍이 지나간 하늘
파랗다 일생에 지친 마음
자연의 풍요로움 푸근해진다.

어느 날

젊은 날 아름다운 육체
세월 흐르면 벗어야 하는 옷
서슬 퍼런 권력

세월 지나면 사라지는 옷
어느 직책 자리에서 누리던 힘
시간 지나면 놓아야
내면의 힘을 키운 사람

세월 지나면 부와 권력 내려놓고
자리를 떠날지라도 변함없는
많은 사람부터 존경받아
시인이 노래하는 나력의 힘

열렬히 사랑받는 '반고호' '풀고갱' '박수근' 화가
'이중섭' 화가 역시 시인이 말하는
나력을 소요한 사람이다.

관념關念

새벽 알람소리 깨
하루가 시작된다
첫 전동차 민초들의 삶 고달파

전동차 앉은 사람 잠에 취해
눈 감고 귀는 열려 있어
그들의 삶 바람 잘 날 없는

육체는 늙어 하루의 삶 버겁다
날마다 파도치는 거친 포말
추운 겨울 지나면 꽃피는 봄이 그립다.

한야寒夜

한밤 매서운 삭풍
굽은 나뭇가지 바람이 운다
만월滿月 온 세상 밝게 비춰준다

고목古木 삭신削身 부러지는 소리
문풍지 사이 불어오는 한풍寒風 오금 저려온다
나무는 한파를 겪어야 봄에 예쁜 꽃 핀다

사람도 고진감래苦盡甘來 거쳐야 낙이 온다.

다듬잇돌

돌의 무게만큼 우리 집 애환 쌓였다
다듬잇돌 방망이 소리 밤의 적막을 깬다
어머님 가족들 옷 골고루 펴지라고
방망이로 두드려 편다

시어머님 시집살이 한限 분풀이로
빨래판 다듬잇돌 말씀은 못하고
화풀이 달랜다 남편의 분함도 함께
심정心情 가라앉힌다

다듬잇돌 가문으로 대물림 한다
옛날 사나운 시어머니 시집살이
일 년 내내 속울음 하고 지낸다

가난이 찌든 생활 속 여심女心 골은 깊어
마음 상심 크다 오늘날 추억의 뒤안길로
사라졌다.

적멸보궁寂滅寶宮

설악의 찬 바람
새벽을 깨우면 천년 지켜온 봉정암鳳頂巖
사리탑 말없이 법문 설파說破한다

겨울의 마지막 바람은 동쪽에서 부는데
꽃은 남쪽으로부터 피어난다
봄꽃 향기 바람에 실어 천리향千里香 되어
세상 등불 밝히고
무소의 뿔처럼 앞장서서

맑은 마음 향기 나는
사람 되어 꺼지지 않는 등불 되어
세상 향기로워지기 바란다

중생의 고통 마음의 오욕 털어버리고
바람에 묻혀 근심 걱정 씻겨간다.

담쟁이

저 붉은 벽 담쟁이 그 벽 오르다
말없이 한 뿌리 수천 개 잎 이끌고
절망 딛고 푸른 녹색 은벽 장식
절망하지 않고 살아남기 위해

서로 공생한다
태풍이 몰아쳐도 억수같이 퍼 붓는 빗속에
의지하며 붉은 벽 오르다
한없이 삶 속에 희망에 속아도

희망을 바라며 내일 태양 뜬다
낭떠러지인가 싶으면 오를 곳 찾아 헤매고
암흑인가 싶으면 빛을 찾아 한없이 뛰어야
죽음의 끝이 다가와도

애절하게 삶에 부질없는 연민 갖는다.

연등행렬

2561년 동래에서 출발
종로거리 연등으로 오색 불 밝혀
어린 초등학생부터 대학생
남녀 노 보살 힘찬 발걸음

거리 연등 보기 위해 수많은 사람 인산인해
각양각색 조형물, 용의 입에서 불을 뿜는다
오색찬란한 불빛으로 어둠에서 광명으로
중생들을 구제해주신 부처님

전국의 사찰에서 일제히 연등행렬 이어진다
종로거리는 가로등 소등 속 꽃이 더 빛난다
어둠에서 헤매이는 중생 구제하여

밝은 빛으로 나투시어 고통 없는 세상
되기를 발원한다.

제2부
세월은 흘러가고

고향 진달래꽃

꽃샘바람 부는 덕산 가야산
온산 붉은 진달래꽃
붉게 물들어 55년 전 덕산중학교

뒷동산 작은 소나무 낙락장송되어
어려서 청운의 꿈 불태운
지금 고희 맞은 노인

앞산 두견새도 밤마다 울어대
산천은 의구한데 모두다 객지 떠나
역사는 남는다

이제 어르신 대접받는 나이다
먼지 날던 신작로길 지금은 아스팔트 포장
추억의 뒤안길 묻혔다.

친 구

여보게 어찌 세월이 빠른가
내가 너무 세월을 보냈는가
어쩌다 이렇게 많은 시간 보냈나

세월은 의식 없이 흘러가고
뒤도 되돌아보지 않구 마구 달려
지금까지 살면서 무얼 했는지
돌이켜보면 허무감만 든다

어려서 찰떡 동무하며 놀던 때가 바로 엊그제
개구쟁이 발가벗은 옛날 친구가
세월에 얽매여 곁눈질 못하고
웃음만 든다

지금은 고희를 맞은 나이
남은 여생 즐겁게 살자.

희망의 길

사진은 빛의 예술
빛이 없으면 내 모습 사진도 없다
깜깜한 어둠 속 빛 발견

절망 속 희망 발견
슬픔의 긴 터널 달려

새로운 내 모습
현재의 내 생활
세월은 빛과 함께 흘러간다.

낙상 落傷

아침 날벼락
계단이 축축한 3층 계단
계단 화분이 수십 개

화초에 물 먹이고 흘러내린 물
낡은 슬리퍼 신고 내려가다
미끄러져 2층에서 1층 쪽으로 굴러
화분이 와르르

부딪친 화분 때문에 옆구리 통증
119구급차 실려 서울정형외과 X-RAY 촬영
골절은 없고 타박상 인대 늘어나

일 주일 입원 6인실 입원실
아픈 환자의 집합소 서로간 침묵이 흐른다
내생에 처음 타본 119구급차
소방대원 아저씨한테 머리 숙여 감사드린다.

(2016년 6월 26일   09:00 낙상)

한강변의 연인

석양 일몰 후 서울 한강 변
성산대교 밑 오색찬란한 조명
불빛 반사 불야성

한 여자가 다가와 옆에 있던
남자의 엉덩이를 슬쩍 어루만진다
이게 웬 진풍경인가

알고 보니 이들은 연인
이어지는 키스 몸을 만지는 손놀림
눈이 호사한다.

여자 가방아래 절묘하게 보이는
코믹한 표정 날 쳐다보는 듯하다
나 - 부럽지.

(2014년 9월 20일 20:00 성산대교 다리 밑)

에밀레종

천년千年 세월 속
한 번 치면 터져나오는 울음소리
온몸 동으로 칭칭 감아

저 자태 모습 의연하게
침묵의 에밀레종
내 몸 십만 근 동으로 칭칭 감아

억겁 세월 속 비천하는 에밀레종
오늘도 해탈의 몸으로
천년 세월 속 건재하고 있다.

(성덕여왕의 신종 봉덕사의 종, 전설 담은 에밀레종)

세월의 이정표

어느덧 칠순 접어들면
시간 흐름 급류 탄다
하루가 열흘 같다고 할까

하는 일 없이 친구한테도
전화도 뜸해 시간 흐르면
어느 날 뚝 끊긴다

이럴 때 내가 노인임을 깨닫게 된다
늙어가면서 신선처럼 사는 이도 있다
모든 것 사랑도 미움도 놓아버리고
성냄도 탐욕도 어리석음도 놓아버리고

이제 삶 걸림이 없다
올라갈 극락도 천당도 없다
자연으로 돌아갈 뿐이다.

반복되는 순환順還

한겨울 낮 빛 짧다
한파寒波 속 나목裸木
자태自態 드러내고

인간 반복되는 순환
이순의 나이 접어들면
행동은 황소 같고 마음은 청춘

사람의 왕래 업業 따라
살아가는 저들의 모습
세월은 유수流水같이 흘러간다
한겨울 햇빛도 짧다.

반복反復의 시간

삶은 시곗바늘같이
반복反復의 악순환
경제 시계는 힘겹고 버거워

대나무竹 한 마디씩 만들어갈 때
더 높이 뻗어갈 때 성장 멈추지 않고
위만 보고 간다

요즘 시대 I.M.F 때처럼
고통의 나날 나무는 흔들림 없이
꼿꼿이 서 있다

나무 위 새가 앉아 둥지를 튼다
삶은 내 안중眼中 없이
재촉하고 있다

나무는 흔들리는 거 원치 않는다
내 안의 집을 짓지 못하고 방황
세월은 사람을 기다리지 않는다.

그리움

찰랑이는 파도 소리
사랑은 늘 곁에
늙은 황소처럼 날개를 달지 못하고
보면 숨 막힌다

나만의 별 하나 키우고
밤마다 뒷동산 두견새 울음소리
가슴 깊은 사계절

눈부시게 변화하는데
바람 부는 낙엽 소리
멀리 떠나가는 뒷모습
아름다울까 처량하게 보일까

꽃이 피면 땅과 하늘 함께
웃음이 있는 날까지!

계절의 변화

무덥던 여름 가고 가을이 찾아와
노란빛으로 살랑이던 잎
바람에 못 견디고 낙엽
바람 소리 물소리 낙엽 밟는 소리

낮은 발자국 소리 끊임없이 변화하는
자연의 진리
더웠던 여름 가고 설악산 첫 단풍
붉은색으로 물든 만산홍엽

잎이 떨어지면 낙엽으로 임무 끝나
풍요롭고 계절은 순환하고
돌고 돈다.

불면不眠의 밤

반복되는 습관 불면의 밤
이어지는 밤 숙면 청해도 불면
나이 먹은 육신 행동도 둔해

공상空想과 잡념雜念
육신은 서서히 망가져 가고
기운은 쇠잔 소멸되어
주름진 얼굴 희망 잊지 말자고 다짐

삼경 지난 밤 여명餘明 밝아오면
숙면 시작 주위에는 가로등 불빛만
적막만 고요히 흐르는 밤
뒤척이다 하루밤 가버린다.

만 남

옷깃 한 번 스치는 찰나로
오백송 인연
무량한 세월 영겁 인연

인생 한 세대 태어나 이렇게 만남
귀한 인연 서로 눈웃음 반겨주는
살가운 사람들

작은 체구에서 풍겨 나오는
아름다운 정
우리한테 큰 은혜이네.

우정友情

어디선가 처음 만나
만났다 헤어지는 인연
한 몸이면 모두 사라질까

바람에 흔들리는 곳에서 서로 손 흔들어준다
엄동의 겨울하늘 바라보는
가까운 사람 마주하며 이런저런 카톡으로
소식 전한다

우리는 하나의 연결고리
가슴 열어주는 저 푸른 창공에
달려가 안기려는 계절의 변화

중심 잊지 않고 오늘 하루 무탈하게
지내는 세월이 되자.

새벽길

새벽하늘 구름 한 점 없는 밤 별이 총총 빛난다
새벽 초승달 쓸쓸하게 느껴진다
인기척 없는 골목길 가로등 불빛 길을 밝힌다

골목길 길고양이 천지 입이 고급이라
쥐를 먹지 않고 쓰레기봉투 뜯어
입에 맞는 것만 먹는다

찢어진 봉투 바람에 날리어
보는 이 눈살 찌푸린다
한 곳으로 포익하여 격리시키면 좋겠다

경칩이 하루 전
개구리는 보이질 않는다
하루하루 유폐된 삶 세월엔 장사 없다.

병신년丙申年 새해

을미년 떠남 아쉬워하며
어둠 속으로 사라지고
수평선 넘어 동해바다 찬란한 새해 일출

등대불 잠재우고 일출 희망 빛난다
날마다 떠오르는 일출
너도 나도 세월 속 사람들

병신년 새해 일출 보러 전국 바다 명산
야단법석
봄 채비 준비 세월 탓하지 말고
새해 일출 희망 실어 보내자.

연정戀情

비 오는 날 꽃비 내리고
따뜻한 꽃 봐도 눈이 실어
바닥에는 흰꽃으로 깔리고

내 가슴 품고 싶어 맑은 봄 하늘
유유히 흘러가는 구름
파랑새 되어 날개짓하며

말없이 눈인사로 그림자로 남아
변하지 않는 연정으로 남아
꽃길 걸으며 그대 미소 짓고

서로 손 흔들어 나무 아래서
오늘 하루 정취를 만끽한다.

내가 바라본 눈雪

눈이 내려서야, 눈이 나를 바라보고 알았다
순백의 눈雪 하늘을 향해 거대한 눈이
내 눈을 맞췄다 눈을 보면 그 내면의 속을
알 수 있다고 바다에 와 있으면 푸른색 초록색

쉼 없이 일렁이는 파도에
거대한 바다에 숨을 마주친다
한국의 순박한 작은 눈 덩어리

러시아 거대한 산 넓은 지역 광활한 들판
고국을 떠나고 나서야 눈이 거대한
열린 창임을 알았다.

봄이 오는 소리

녹아내리는 겨울
똑 똑 똑 물방울 녹아내리고
봄이 오고 있다
긴 어둡고 춥던 터널이 보인다

끝나지 않을 것 같던 겨울
매섭게 부는 바람
꽁꽁 얼었던 마음 피부로 느껴
봄이 멀지 않았는지 봄을 시샘하는 꽃샘추위
오는 봄 막을 수 없어 햇볕의 온기

피부가 따뜻하다 코끝을 스쳐가는 바람의
향香 달라진다 온 대지가 새로운
생명이 움틉니다 봄꽃들이 서서히
얼굴 내밀어 봄이 오는 소리

모두가 환희가 가득하다.

가끔 마음이 흔들릴 때

마음이 흔들릴 때 나무를 보아라
바람 부는 쪽 흔들리는 나무를 보라
봄에 꽃 피는 날 있으면
꽃 지는 날이 있으니

온 세상 갈피를 못 잡고
바람에 흔들리는 나무처럼
깊은 밤 밤의 적막을 가르며
소망하는 마음 달빛에 전한다.

제3부
종달새 높이 나는 소리

봄의 화신花信

봄꽃의 계절
남녘에는 봄꽃이 만개
샛노란 복수초 노루귀 시작으로
너도나도 온천지 꽃의 세계

매화도 만개 남쪽의 쪽빛바다
눈부신 경관 우뚝 솟은 산
저마다 자태를 품고
편백숲 아래 고개 내민 야생화

꽃밭 이뤄 봄꽃 찾아 나서는 여정
우리의 마음을 설레게 해
꽃마다 잉잉거리는 꿀벌들의 군무群舞
바다는 푸른 물결 산빛도 푸르고
온통 꽃과 봄의 세상.

봄날의 행복

꽃샘바람 찾아든
화창한 월드컵공원
그냥 발길 멈춰 라일락 향 취해
좋은 봄날 계절 만끽하고

들과 산엔 연초록 향연
한강 물 은물결
강바람 나무 그늘
잠시 쉬어간다.

(2014년 4월 14일. 월드컵공원 오후)

논 묻히다

종달새 높이 나니 그 소리 곱다
찔레꽃 향 천리향 되어
모내기철 농민 손길 바쁘다

개골개골 개구리 합창
온 들녘 울려 퍼져

펼쳐진 들녘 논
물가득 나누어진 논
왜 그리 정다운지 모른다.

(2014년 5월 19일. 한창 모내기철 충남 예산 덕산)

어미 도요새 절규

한나절 숲속에서 새 울음소리
뙤요 또요 또요 또요
처절한 도요새 울음소리

가까이 오지 마라 위협 신호음
새끼를 키우거나 알을 품거나
도요새 본성

자기 둥지 떨어진 곳 절규
나 여기 있다는 처절한 외침

사람이 와도 날아가지 않는 본성
자기 새끼 보호하려는 눈물겨운 모성
울부짖는 어미의 사랑

붉은 발 도요새 새끼를 잘 키우기 바란다
인간 어떠한가 낳은 부모 버리는 세상
도요새한테 배우기 바란다.

바람에 손짓

할롱 이라는 태풍
잠 못 이루는 밤 문짝이 덜커덩덜커덩
바람이 흔들어 놓은 실체를 보기 위해

볼 수 없는 설레임 들판을 응시
버드나무에 바람이 걸린 움직임
그 바람 어디서 불어올까

내 마음은 나뭇가지 응시해본다
태풍이 지나간 하늘 코발트빛
모든 거 고요하고 깨끗한 하늘

간밤의 집채만한 파도
할롱이 지난 밤
바다는 잠자듯 고요하다.

(2014년 8월 7일. 태풍 할롱이 지나간 모습)

새는 나는 길을 안다

하늘에 갈 길이 있다는
새들은 안다
하늘 날던 새 흔적을 남기지 않는다
높이 날지 않을만큼

밤하늘 별들이 가는 길을 안다
하늘 날으는 비행기 항로 따라
안전하고 지정된 길로 날아간다
궤도 벗어나지 않는다

인간도 가야 할 길과 가지 말아야 될
분별심 있어야 한다.

가을편지

늦가을 뒷동산 올라
떨어지는 나뭇잎
더 깊이 사랑할수록
아름다운 것이라고 노래하며

떨어지는 나뭇잎 춤추며
사라지는 한편 무의舞衣 마지막
공연 보듯이 조금은 아쉬운 마음으로

떨어진 나뭇잎 바라본다
바닥에 수북이 쌓여있는 잎 밟아보며
바스락 소리

나의 시간 지켜보듯이
깊어가는 가을 바라본다.

찔레꽃

온천지 하얀 눈꽃 송이처럼
흐드레지게 피었다
사람 눈에 띄지않는 곳 홀로 피고지고
향香 천리향 진동한다

순결한 사람 곱게 핀 찔레꽃
뒷동산 언덕 사랑의 향기 날리고
내 안의 가슴 속 휘날리는

밤마다 소쩍새 울어대고
초승달 서산마루 기울어
그대에게 잎과 꽃내음 취해본다.

파 도

웅장한 힘
섬 일으켜 세운다
높게 푸르게 물살 가르며

출렁이는 가슴
사랑이여
성난 사자가 포효한다

바다의 포말
태풍을 일으켜 세운다
시선視線 파도 보고 말한다.

4월의 시詩

온 산 붉은 빛
형형 색상 만개한 꽃
아름다운 봄날 양지바른 곳

노랑 개나리 물들고 만개한 꽃
4월 길목 눈이 부시다
봄을 만끽

계절은 거짓 없이 찾아와
사월의 꽃향기
즐기렵니다.

봄이 오면

봄이 오면 산과들 꽃으로 만개
꽃이 피는 내 마음 꽃피어
개울가 버들강아지 만면 웃음 지어
하늘에선 종달새 울어

들녘 쑥 냉이 캐는 아가씨
하늘엔 종달새 울음 지지배배 봄이 되면
온산 들녘 꽃으로 내 눈 진물어
아름다움 호사한다.

산山 길

꼬불 꼬불 언덕길
길가에 핀 민들레
좁은 도랑 물고기도 산다

산길 가다 보면 밭에서
일하는 아낙도 만난다
꽃에 앉은 벌도 본다

산길 가다 보면 수많은 나무와
대화 한다.

겨울 나목裸木

어느덧 봄 여름 가을 긴 터널 지나
앙상한 가지만
검은 상복 입은 채
매서운 한파 아랑곳하지 않고

긴 여행 끝내고 봄을 맞을 준비
온 산천 흰 옷으로 갈아입어
눈 덮인 포근한 대지 어머니 품속 같다
긴 잠 깨어 봄의 새싹이 돋아난다.

영주 부석사 가을 문학기행

가을 만추 황용산 온산 만산홍엽 붉게 물들어
길에는 은행잎 노랗게 물들고
병풍같이 둘러쳐진 천년 고찰 부석사

중생들 굽어 살피시어
옛 선비 글 읽는 소리 들린 듯
선비촌 고풍스런 옛 모습

후손들에게 귀감이 되고 선비의 모습
고즈넉한 늦가을 만추 즐기며
청송 시인과 함께
붉은 단풍에 취해본다.

(2016년 11월 12일. 청시 문학기행)

잣나무 숲

하늘 향해 곧게 뻗은 잣나무
그늘진 나무 사이
햇빛 비춘다

높이 뻗은 울창한 숲
계곡물 찾아온 피서객
넓고 깊은 숲 내음 피톤치드

가슴속 스며들어
잣나무 숲 사이로
새의 맑은 소리

8월 땡볕도 시원한 바람
살갗으로 들어온다.

한해살이풀 (해바라기)

한여름 뙤약볕 해바라기 대수롭지 않아
여름 피해 가을에 핀 해바라기꽃

노란 황금 이빨 드러내어
뜨거운 여름 피는 한해살이풀
자기 생존 위해 땅속 영양분 흡수

머리는 햇빛 향해 동쪽으로 머리 숙여
매일 동녘 향해 기도 드린다
많은 사람 해바라기 꽃에 즐긴다.

한 그루 꽃

열사의 나라 탄자니아
검은 대륙 핀 한 그루 꽃
창문을 열면 늘 마주치는 한 그루 붉은꽃

외로히 혼자 있을 때 꽃하고 대화
마음 한구석 비워두고 온소리 귀 기울여
맑은눈 내 생애 한 그루 꽃이 되어
쉼터가 되고 싶다

가지 많은 나무 많은 열매 맺고
한 그루 씨앗 되어 아름답게
가르쳐 주지않은 삶의 비밀

구도자 몸짓 꽃을 보여주니
사람이 아름다울 수 있는 건 그대 성령의 말씀
탄자니아인의 가슴속 영원히 남으리라.

(2015년 8월 22일. 탄자니아에서 선교사 이진용 부부가
꽃과 상추를 재배하는 한 그루 꽃을 보며)

겨울날

낙엽 날린다고 하늘 날으는 새
원망하랴 만월滿月이 기운다고
기나긴 밤 아쉬워하랴

수많은 세월 몰아치는 찬바람
고요히 잠 재우고 희미한 추억처럼 떨어지는 낙엽
눈물 떨구고 갈대 흐느끼는 소리

강물은 말없이 흐르고
노을스런 서녘하늘 한 움큼
너털웃음 푸른 달빛 비추는

이밤 촛불 하나 켜보자
가는 만추滿秋 오는 겨울
앙상한 나무 을씨년스럽다.

달팽이

장마비 숨 고르기 한다
풀잎 위에 맺힌 물방울
느림의 여유
달팽이가 천천히 기어간다

빨리 간다고 누가 말 하나요
등에 든 짐이 무겁다고 투정하지 않고
느린 호흡으로 제 갈길 향해
느린 걸음으로 빠르게 변해가고

세상은 빨라야 경쟁에서 이길 수 있는 세상
달팽이의 움직임에 호흡에 맞춰
느린 것 같지만 달팽이로서 최고의 빠른 속도
눈으로 보이나요.

춤바람 보리밭

세상 초록색이다
허리만큼 자란 보리
푸른 물결 되어 바람에 출렁인다
바람소리에 사그락사그락 몸을 맡긴

보리들이 춤을 춘다
촉감이 전해지는 순간만큼
세상의 고민과 걱정 바람에 흩어진다
5월의 보리밭 온 세상 초록으로 물들었다.

남해 보리암

천년千年 사찰 남해 금산 보리암
보살들이 두 손 모아 기도하면
관세음보살 나투시어 깨달음 느낀다
눈앞 한려해상 다도해 펼쳐져

보리암 서면 부처바위 원효대사 깨달음 알고
토굴 바위 이성계 100일 기도 한양 도읍지 정해
상사바위 연인들의 사랑 못 잊어 이곳 오면
사랑 이루어진다

봉화대 구름 용틀임 석가탑 두 손 모아
합장하면 가피가 충만
눈앞에 점점이 흩어져 있는 섬
수평선 넘어 잔잔히 부서지는 포말 소리

석양의 노을 장관 이룬다.

덕산德山 가을들녘

감나무 주렁주렁
밤나무 쩍쩍 벌어져
황금빛 들녘 덕산온천

들녘 걸으면 풍년 맞는다
오곡백과 널려 축복 내리는
풍요의 계절 풍년가 소리 들리네

농부들 환희의 마음 풍요의 계절
가을 물든 낙엽 쓸쓸하게 보인다
가을비 젖은 낙엽 바람에 딩굴어

덕산온천 들녘 벼 수확 바쁘다
한바탕 풍년가 한 번 불러볼까
가을비 촉촉이 내리는 날.

(충남 예산군 덕산면 시향리 들녘
그 옆에 덕산온천, 윤봉길의사 충의사, 수덕사가 있음.)

가을 고적雇跡

바위틈 조용히 피어나
눈길 한 번 받지 못하는 제비꽃
새벽 인력시장 일당 벌겠다고
발버둥 치는 민초民草들

새벽별 보고 무거운 몸 첫 버스 실려
어딘가 정처없이 떠난다
돈 없고 빽 없고 지나온 삶 버거워

오늘도 새벽 인력시장 어디로 가요 현장
일당 7만원 그들 품엔 가족이 기다리는 안식처
한 가닥 희망에 묻혀 산다.

소매물도

동양의 나폴리 통영바다
아름다운 풍광 비진도
점점이 흩어져 있는 매물도
한려 해상 바다 백리길

초록빛 파도 흰 물살 가르는 포말
밤길 안내하는 등대 파수꾼
등대 불빛 멀리멀리 뱃길 안내
새파란 하늘 산호빛 바다

잔잔히 토해내는 석양 노을
갈매기떼 삶에 익숙해
끼륵끼륵 선미쪽 날아와
선상에서 주는 과자 먹는 모습

예사롭지 않아 시원한 태풍
우리 등을 떠민다.

능소화 꽃

싹 틔운 지 3년째 되는 해 꽃이 피었다
대문 안쪽 심은 능소화
외출했다 들어서면 붉은 능소화 꽃이
우리를 반긴다

줄기마다 탐스럽게 핀 꽃
겨울에는 잎이 낙화되어 앙상한 가지만 남아
4월 하순 줄기 사이로 잎이 솟아나고
작년에 이어 올해도 탐스런
능소화 기대해 본다

외출할 때마다 활짝 핀 능소화 꽃
서로 눈웃음으로   반긴다
꽃을 보고 나면 그날 기분이 하루가 즐겁다.

(우리집 대문안에 있는 능소화)

성미산 아침운동

아침 여명이 밝아올 무렵
연초록 나뭇잎 사이로 발걸음 빨라진다
66미터 정상에 올라서면 남산 사이로
일출이 솟아오른다

양쪽 길 옆 자란 왕벚꽃 반갑게
우리를 반긴다 25년 전 5만원 주고 심은 왕벚꽃
지금은 큰 나무 자라 운동하러 온 사람한테
만개된 꽃으로 즐거움 준다

갈 적마다 만져주고 고맙다는 인사한다
4계절마다 변하는 성미산
세월이 갈수록 더 큰 나무와 만개된 꽃으로
우리한테 선물한다

봄이면 왕벚꽃 보러 상춘의 봄 만끽
많은 사람 찾아와 웃음이 활짝
만개된 꽃 많은 사람 스마트폰 카메라 담아
추억 기억한다.

(서울 마포구 성산근린공원)

제4부
서울광장에 내린 어둠

6월의 통곡

온 산하 핏빛으로 물들었다
부모, 형제, 이별 적진에 뛰어들어
장렬하게 산화한 젊음 넋이여
전사통지서 받고 시신도 못 찾은 67년 한恨

지하 어두운 곳 누워 어디 묻힌 곳 몰라
부모형제 시신이라도 찾았으면 애통한 마음
이들이 돌아오길 대문도 열어놓고 산 세월
그 옛날 그 모습 그대로 보존하고

6월 山河는 접동새도 슬피 울어
눈물도 말랐다
죽기 전 시신이라도 보고 싶다
부모는 애통한 심정 죽기 전 만나보고 싶다.

(2012년 6월 6일. 현충일날)

너희를 어찌 이대로 보냈겠니

형 누나 조금만 참아줘
서로 손잡고 용기를 내
우리들이 기다릴게
힘내라 힘내라

슬픔에 싸인 안산고
읽지 못할 글들이 노란 리본에 달아
얘들아 미안하구나

한사람 세월호 선장 때문에
죽음을 맞이해야 되니
포기하지 말고 살아서 돌아오라

미안하구나! 못난 어른 때문에
꼭 기다릴게
힘내라!

(2014년 5월 29일)

세월호 침몰

2014년 4월 16일 08:50
청천병력 같은 비보 475명 태운 세월호

제주도 가는 도중 밤새 달려
진도 맹골해역 가처도 해상 팽목항 바다 침몰
그리던 수학 여행길
어린 안산 단원고 2학년 학생 355명
꿈에 그리던 제주 수학여행길
전날 설레이던 가슴 벅차오르는 마음
이게 웬 말인가
어린 아이들의 절규
이 광경 보고 대한민국 부모 모두 울었다.
한창 꽃 피울 어린 남녀 고등학생
온 산천에 꽃도 만발한 데 이곳도 슬픔에 젖어 울었다.

진도 팽목항 검푸른 바다
내 아들 내 딸이 울부짖는 부모의 절규 듣고 있느냐
불러도 거친 파도소리만 들릴 뿐 대답이 없다.
하늘도 무심하랴
슬픈가 이 절규의 소리 듣고 있느냐
무사히 전원 살아서 돌아와 달라

어른들의 무책임 바닷물이 가슴까지 차오르는 데
안내방송 10여 차례 방송 "그 자리에 가만히 앉아 있어라"
공포에 질린 어린 아들 딸
'선장', '승무원들' 어린아이들 '놔두고'
자기들만 살겠다고 '탈출'
선장은 승객이 타면서 다 내릴 때까지 책임질 선장이
먼저 탈출하다니
이 무책임한 어른들의 나쁜 행동 얼마나 원망하겠는가?
할 말 잊었다.

(세월호 TV로 보고서 쓴 글)

세월호 모습 드러나다

세월의 한限을 마주 보다 기나긴 3년의 세월 속
암흑에서 차가운 바닷속 9명 미수습자
희망의 기대해본다
유족들 3년 가까이 팽목항 지친 몸 달래고

뜬눈으로 지새운 수많은 세월
1073일 만에 참혹한 모습 드러내
기대감 휩싸였다 등대는 여전히 추모하는
현수막 바람에 나부낀다

9명이 가족품으로 돌아와 저 집에 가고 싶어요
유족들 절규다 온 국민이 TV 앞에 세월호
인양 모습 지켜보고 있다
가족품으로 돌아와 부모 가슴 대못 박고 떠난

어린 넋이여 저 세상 평안히 영면하소서
다시는 이런 일 없길 바란다.

(2017년 3월 23일 06시 30분. 세상 모습 드러나다.)

부처님 오신날

2561년 붓다의 탄생한 날
옴마니 동산 꽃비가 내리고
산들바람 꽃향기 날아와
천상의 꽃 보석처럼 빛깔로 피어나고

천신들이 모여 붓다 보호하고
천지만물 모두 모여 약속이나 한 듯
인류 스승인 붓다의 탄생
푸른 산천 위대한 성인 탄생 축복하려는 듯

한 떨기 연꽃으로 피어나다
오색연등불 밝혀 부처님 탄생 축복하며
어둠의 고통 벗어나
광명으로 어둠 밝히다.

(2017년 4월 8일(음), 양력 5월 3일. 부처님오신 날)

홍대입구역

새벽 첫 전동차
어젯밤 먹은 술 역 구내 역겨워
젊은 20대 남녀

대합실 발디딜 틈 없어
얼굴엔 나 술 먹었소 홍조 띤 모습
전동차 오니 썰물같이 떠나버려

홍대입구역 내 조용하다
매주 금요일 오후부터 토, 일요일
홍대 로데오거리 불야성

월요일 아침 첫차 오길 기다리는 남녀
철새들이 짖어대는 새벽 아침이다.

(2014년 5월 19일. 첫 전동차 05시 30분)

너를 잊겠니

희망 노란 물결 5월도 저물어
서울광장 세월호 합동분향소
원망과 분노 희망이 바람에 펄럭이고

소망의 종이배 쓸쓸히 광장 지켜
세월호 영혼들 바다 위 떠돌건만
너무 쉽게 잊어가고 있는 건 아닌지

영원히 기억해야
서울광장 어둠이 내린다.

(2014년 5월 31일 20:00. 서울광장에서)

논개의 충절

양귀비꽃 붉은 6월
당나라 미인 양귀비만큼 아름다운 꽃
진주 남강 왜장 끌어안고

열 손가락 반지 깍지 끼어
죽은 논개의 꽃
임진왜란 진주성 함락
논개의 의로움 피어난 남강

더 짙푸른 그 물결 위에 영혼 꽃이 되어
양귀비꽃 더 붉은 그 마음
지금도 남강은 말 없이 유유히 흐른다.

(왜장과 함께 남강으로 투신)

들꽃의 눈물

남녘 비가 많이 내려
버스 승객 7명 갑자기 불어난 물
손쓸 틈 없이 버스 물에 잠겨
7명 목숨 앗아갔다

2시간 내린 소낙비 도시가 강이 되고
불행한 일 닥쳐왔다
세월호 집어삼킨 거센 바다 악몽도 떨치기 전
들꽃에 맺힌 빗물이 눈물로 보여

못다 핀 꽃봉오리 슬픔도 위로하는 건 슬픔뿐
진정 슬퍼하고 위로도 모자랄 사회
인간 생명 잠시 머물다 떠나가는
존재 잊지말아야 한다.

(2014년 8월 29일 14:00. 창원 2시간 소나기의 엄청난 피해)

아라뱃길

2월 초 3월 날씨만큼
봄내음 한 발짝 다가와
오후 한낮 흘러내리는 한강 물줄기
얼음 조각 유빙이 느리게 흘러간다

서해바다 향해 물은 검은 물빛
오후 한때 한 쌍의 천둥소리 유영한다

유람선 모습 보이지 않고
정지된 강물 인적 뜸한 자전거 길
강물은 침묵한 채 흘러간다.

2015년 청양의 해

청마의 해 꼬리 감추고 청양의 해 맞이하여
새해 아침 동해바다 붉은 불기둥이
솟아올라 천지가 맑다

새해 아침 까치 소리 옛날이야기
자취 감춰버린다

세속 풍속도 잃고 산다
예절도 모르고 망나니같이
이웃 간 배려도 사라졌다

모든 거 잊고 사니 풍습도 예절도 잊어간다
언제나 까치 소리 듣는 세상이 올까.

뇌물천국

아 회장님 자살로 생을 마감
뇌물 메모 남기고 황천길 험한 길로 가셨네
뒤도 돌아볼 틈 없이 앞만 보고 간 길

최후선택 정치인 닭 잡아먹고 오리발 내미네
날카로운 돈 봉투 먹으면 안 되는 뇌물
돈뭉치 귀먹고 눈이 멀었다

폭로 뜻밖의 일파만파 요동친다
펄쩍 뛰며 나는 안 먹었다
정치인 한결같이 오리발 내밀어
죽은자는 메모 남기고 말이 없다

추풍낙엽 되어 감옥 갈 일만 남았다
바로 잡을까 국민은 분노한다
약한 민초 눈물 머금고 경악한다
산천은 꽃으로 만개 아름다움 보여주고 있다
국민은 분노한다.

(2015년 4월 9일. 경남기업 성완종 회장 자살을 보며)

장백폭포

영봉嶺峰 백두산 한가운 천지
넘실거리고 흘러내리는 장백폭포
한 서린 눈물인가?

7000만 민족의 혼 서린 백두산
사계절마다 변하는 산
남북이 통일되면 자유왕래

현실은 중국 거쳐 오른다
천지가 무너질 듯 천지의 고함소리
그날이 오는 통일.

광화문 촛불 밝히며

어둠에서 내 몸 태워 중생의 빛이 되어
광화문 광장 50만 명 몰려와 박근혜 대통령 탄핵 함성
천지가 요동친다

첫눈 내리는 광장 추위도 아랑곳하지 않고
최순실 한 여자 국정 농락 당해
대기업한테 미르재단, K스포츠 설립한다고 모금하여
그 돈이 부정하게 사용

국민들 분노의 함성 격앙된 목소리
시위대 청와대까지 이동
꺼져가는 촛불처럼 혼미한 정국

눈이 있고 귀가 있으면 그 함성 들으라
언제까지 이런 행동 해야하나
평화로운 대한민국 기대한다.

독도獨島

뱃길따라 2백 리 동쪽 끝
심연의 바다 넘실대는 파도
푸른 물결 뱃고동 소리
우뚝 솟은 형제의 섬
의좋게 변하지 않는 섬

민족혼 가슴 안고 우뚝 솟은 독도여
수많은 갈매기떼 울음소리
철썩이는 파도 소리
독도를 누가 무인도라 했는가
태초부터 불러온 섬

독도는 우리 땅이라고 부르짖는 함성
일본이 망령 났나 자기네 섬이라고
일본은 반성하고 앞으로 이런 말 안 통한다
자자손손 독도를 끌어안고
세계로 뻗어나가자.

백두산 천지天池

민족의 영산靈山 백두여
물안개 가물가물 천지가 요동
뼈아픈 6.25 전쟁 65년 이산의 아픔

철조망 사이 두고 남과 북 총부리 겨눠
하늘 날으는 새 철조망 넘나들어
자유 느끼는데 우리는 언제까지 냉전인가

백두산 천지 물안개 휘감겨
계절별로 꽃도 만발하는데
남북한 사람 손잡고 통일의 그날까지
기도하고 기다려 보자.

광복 70년

백두산 한라산 까지
정기正氣 이어 한강물 발원지
검룡소 출발 한강 걸쳐 낙동강 굽이굽이

서해바다로 갓난아이가 커 70고희 맞는다
유구한 역사 광복 자자손손
백두산 기가 국민 가슴속으로

한라산 정기 국민 가슴속
멀리멀리 광복의 소리
울려 퍼져라.

장가계 천문산天文山

하늘 높이 솟아오른 산 수백 미터 깎아지른 절벽
웅장한 남자의 기백 5000년 자연상태 원형보존
산, 계곡, 구름, 바위, 나무, 동식물 모든 게 아름답다

흘러가는 구름 안개 속 경치 뭇 산봉우리 한데 어울려
구름 속 우뚝 솟은 기봉 한폭의 동양화
바위 붙어사는 나무 치열한 생존의 모습

천문산 990계단 하산길 셔틀버스 타려고 구름인파
옆 300미터 7개의 에스컬레이터 쉴사이 없이 움직여
번갈아 타며
S자 산길 도로 버스는 곡예하듯 달린다
공포심 저려온다 빗속의 기봉은 눈에서 서서히 멀어져간다.

* 장가계는 장시가 거주했다하여 붙여진 이름.
  중국 국가급 삼림공원으로 장가계시 서북부에 위치해 있다.
  총면적 7만 2000무에 달한다. 5000년 전의 자연상태로 산, 계곡,
  바위 등 그대로 보존.
(2016년 5월 20일부터 25일까지 중국 여행함.)

구의역 19살 청년의 죽음

여름 태양볕 내리는 날 태양열처럼
국민들의 앞 다투어 추모의 물결로 넘쳐난다
스크린도어 혼자 수리하다 19세 청년의 죽음

돈에 스러진 청년의 꿈 고교 졸업 후 처음 얻은 직장
꿈을 펼쳐 보지 못하고 안타까운 죽음
돈이 무엇이기에 생명하고 바꿀 수 없는 사회
오늘도 전동차 구의역 지나간다

시민을 위해 일하다 젊은 한 생명 빼앗아갔다
그곳 지나치려면 그 청년의 모습 아른거린다
시민들의 청년 죽음에 흰 국화송이 받치며
메모도 남기며 추모물결이 이어진다

이런 일 없기를 바라며
그 청년에게 명복을 빈다.

〈2016년 5월 28일. 구의역 스크린도어 수리하다 19살 청년의 죽음을 보면서… 구의역 강변역 방면 9-4 승강장에서 사고(김모씨) 1997년생〉

어느 유월

비 온 뒤 하늘이 더 맑다
밖에서는 별들이 온갖 아름다운 빛들을 쏟아내고 있어
유월 어느 날 산하를 붉게 물들였던 66년 6. 25.
백마고지 포성 멈춘 지금 말없이 그날의 총성

말없이 숲으로 우거진 지금
그토록 아름답게 땅속으로 들어갔던
붉은 장미 꽃잎들 내가 자주 찾는 숲속의 거미줄에
별자리들이 걸려 있을까

고개를 들고 하늘을 보니 달이 그림처럼 걸려있어
강물 위로 비치는 달빛을 보면서
하염없이 걷고 싶은 밤이야
어쩌면 넌 지금 강물 위에 비친 황금빛 별을 보면서
어느 강가를 걷고 있는 것은 아닐까.

5 · 18 37주년

못다 푼 한限 못 씻은 죄罪
1980년 눈부신 푸른 5월
평화롭던 광주시 한복판
푸른 제복 입은 계엄군 이유없이

시민에게 총 쏴 수많은 사상자
그 영혼 묻힌 광주 북구 운정동
국립 5 · 18 민주묘지 이르는 길
연둣빛 초록 물들었다

길섶 이팝나무 순백의 꽃 피었다
나무에 흩뿌려 놓은 흰쌀밥
37년 전 광주 시민이 함께 나눴던 주먹밥
떠 올리게 한다

자식과 남편 잃은 지독한 오월 앓이
어머니 눈물자국 각시붓꽃 노랑 별꽃이
산들바람 하늘거리고, 아카시아 나무
감싸고 있는 묘지 5월 하늘만큼
슬프고 시리다.

(1980년 5월 18일. 광주항쟁 일어난 날) * 2016년 5월 18일 씀.

세상은 거꾸로 간다

계절은 정확히 순환巡環하여 잘 지켜진다
봄이니 벚꽃 개나리 진달래꽃 만개한 계절
흘러내리는 술이 나라를 비틀거린다

하늘은 스스로 돕는 자 돕지만 반대로 망하는 자 버린다
우리는 반세기 전만 해도 보리밥도 배불리 못 먹고
배가 고팠다
배가 나오면 사장이네 양반이네 풍채가 좋다고
부러워하던 시대도 있었다

지금은 전 국민이 비만화肥滿化가 진행 중이다
이제는 가족이라는 개념이 변하고 있다
직계直系만 있고 방계傍系가 없었지고 있다
이모 삼촌 사촌도 없어지고 있다
자녀子女도 나 홀로 된다
거기에는 배려나 협조라는 개념도 자라지 않는다
애국심만으로 자녀를 더 낳지 않고
독신으로 사는 사람이 늘어난다
공동共同 사회가 아니라 공동空洞 사회로 변한다

요즘 세대는 혼례나 장례문화도 직계 가족이 모여 치러지는 현상이다. 심지어 너와 나라는 개념이 없어지니 세상 밝지만은 아니다. 농촌의 세태도 인심이 삭막하고 서로 간 배려도 없고 밤만 되면 TV 앞에 앉아 거리는 공동화空洞化로 거리는 한적하다. 인심도 삭막하고 현실이 주는 문화는 밝지만은 않다.

창경궁

일제가 36년 동안 조선의 창경궁 말살하려고
궁궐을 동물원 놀이동산으로 만들어
조선인의 얼을 자기네 나라로 만들려고
동물원과 놀이터 벚꽃동산 만들어

한국인의 혼을 만들지 못했다
정권이 바뀌어 새로운 옛 모습 창경궁으로
복원하여 우리 후손들에게 일깨워졌다
이곳에 오면 고궁의 고즈넉한 옛 모습
후손들에게 교훈을 준다.

(2017년 5월 25일. 삼강시인회 창경궁 야유회 낭송회)

112

세상 바라보기

가슴속 향기 짙어
마음 비우고 고마워하기
벅차오르는 가슴속 목소리

스스로 자재하고 미소 짓는
여유로운 세상
목마른 세월 끈끈한 마음

이 세상 소중한 사람
정다운 눈길 보내며
서로 손잡고 지나간 마음

아픈 일들 서운해 말고
서로가 그리운 얼굴.

소록도 小鹿島

한센인 100년 삶 깃든
영혼의 천국. 전남 고흥군 도양읍 소록리
녹동항 앞바다에 떠 있는 외로운 섬
영혼이나마 천국에 가고자 했던 천형 한센인

1916년 일제 강점기 자혜의원 시작해
국립소록도병원 1세기 넘긴 수난의 섬
치유의 섬으로 탈바꿈 수천 명 마을 이뤄
이제는 520명 생존 2040년쯤 한센환자
자연소멸할 것으로 믿는다
1960년대, 전국을 떠돌던 한센환자 모아
이곳으로 집단수용 수많은 애환이 서려있는 땅
강제낙태 수술했던 병원 쓸쓸히 나무 침대 하나

그때 역사 증명한다 봄이면 녹동항 파도소리
총총히 빛나는 밤하늘 별을 보고 내형제 그리던 천형의 땅
한센인 한하운 시인(1920~1975) 시詩 보리피리 시비가
그때 증명한다 불쌍한 한센인 천국에서
이런 병 없길 안식하소서.

삶의 현장에서 인식하는 존재와 그 진실

삶의 현장에서 인식하는 존재와 그 진실

- 김하영 시집 『새는 나는 길을 안다』

김 송 배
(시인. 한국현대시론연구회장)

1. '삶의 현장'과 존재의 가치

김하영 시인이 두 번째 시집 『새는 나는 길을 안다』를 상재한다. 첫 시집 『진흙탕에 핀 연꽃』에서 삶과 존재의 애환을 주제로 펴낸 적이 있는데 이번에도 삶의 현장에서 목도目睹하거나 직접 체험한 현상들이 다양하게 적시하는 그의 시적 발상과 이미지의 창출을 엿볼 수 있게 한다.

현대시는 대체로 외적인 사물에서 내적인 관념으로 전환하면서 우리 인간의 삶과 밀접한 상관성을 갖게 되는데 사유思惟의 정점에는 인생이라는 존재의 대명제가 동행하는 시적으로 발상하는 것을 자주 대하게 된다. 김하영 시인도 이러한 정서의 범주範疇에서 이탈하지 않는다.

그는 우선 '내 인생 낙엽처럼 스쳐가는 인연 / 내 젊

었던 삶/속절없는 그리움 향수에 젖고/낙엽처럼 내
인생도 뒹구네'라고 작품 「낙엽」에서 인생과 삶은 동
일 지향성을 내포하고 있음을 알 수 있다.

  김하영 시인이 이처럼 삶에 대한 현장성 소재는 우
리 인간들이 모두가 체험하는 평범한 현실적인 생활
방식이 자신의 정서에서 얼마만큼 절실함이 투영되었
는가 하는 심저心底에서 자연스럽게 우러나온 그의 상
상력의 중심축이 발현되고 있음을 이해하게 된다.

  창밖 풍경 본다
  고층빌딩 유리 벽 몸 기대
  긴 로프줄 생명줄 걸어

  로프줄 오른쪽 세제 물통 걸레 기구
  왼쪽 물 호스 누르면 살수 놓으면 잠긴다
  마지막 고무 브러시 민다
  이들이 지나간 자리 유리같이 맑다

  감히 흉내 낼 수 없는 긴장된 삶의 현장
  치열한 저들의 삶 내 안으로 들어온다
  지상에서 본 물체 사람 자동차 바닷게가
  기어가는 것 같이 보인다
  저들의 가족 가슴 졸이는 하루

  오늘도 무사 안녕

그들만이 마천루 삶을 즐긴다.

- 「삶의 현장」 전문

　김하영 시인은 창밖 고층빌딩 유리벽에 물청소하는 풍경에서 '삶의 현장'을 의미 깊게 시점(視點)을 집중하고 있다. 거기에서 그는 '치열한 저들의 삶 내 안으로 들어 온다'는 정감의 이미지를 창출하면서 그들이 '긴 로프줄 생명줄'을 실제상황으로 '감히 흉내 낼 수 없는 긴장된 삶의 현장'에서 '오늘도 무사 안녕'을 갈망하는 시적인 진실을 이해하게 된다.

　이러한 '삶의 현장'은 '저들의 가족 가슴 졸이는 하루'이지만 상황을 전도轉倒시켜서 '그들만이 마천루 삶을 즐긴다.'는 어조로 시적인 긴장감을 완화하는 시법詩法으로 전환하는 그의 시적 지향을 가늠해볼 수 있을 것이다.

삶은 한 치 앞도 가늠 못 하는 세상
일초의 건너뜀도 용서치 않고
뚜벅뚜벅 걸어온 발자국 무게만큼 풀어놓고
내 얼굴 책임질 줄 아는 지천명 마지막 한 달

찬 겨울바람 질게 허욕 쫓는
어리석음 묵묵히 지켜주는 굵은 나무처럼
올해 마지막 지나온 반성문 써본다

- 「마지막 12월」 중에서

그러나 '삶은 한 치 앞도 가늠 못 하는 세상'이라는 그의 내적인 심중心中에서는 보이지 않는 위기적인 심리적 현상이 적시되고 있다. 그의 삶은 '일초의 건너뜀도 용서치 않고 / 뚜벅뚜벅 걸어온 발자국 무게만큼 풀어놓고' 살아가야 하는 의구심疑懼心이 상존常存하고 있어서 지금은 '올해 마지막 지나온 반성문 써본다'는 성철의 언어로 그의 진실을 토로吐露하고 있는 것이다.

또한 그는 '한평생 살아 찾아온 절벽 / 삶도 죽음도 던져야 할 몸 // 정처 없이 떠돌아다니는 아지랑이 / 내 평생 살아온 아지랑이 / 방랑자되어 떠돌아다닌다(「아지랑이」 중에서)'는 '아지랑이'의 이미지를 '한평생'이라는 삶과 존재 등이 '삶과 죽음'으로 전환하면서 '내 평생 = 아지랑이'라는 대칭의 인생론을 메시지로 적시하고 있어서 우리들의 공감영역이 확대되고 있는 것이다.

그는 이러한 위기의식이 '내 가슴 영원한 느낌표 / 자욱져 있듯이 그대 가슴 / 영원한 느낌표로 살아가고 싶습니다 / 친구여!(「영원한 우정」 중에서)'라는 기원의 어조로 호소하고 있는데 이는 그의 내면에서 발현하는 삶에서 체득體得한 현실적인 갈등을 화해하려는 여망이 '삶의 현장'에서 적나라赤裸裸한 모습으로 흡인吸引함으로써 삶에 대한 애착이 더욱 깊어지는 시적 진실을 이해하게 한다.

김하영 시인은 인간의 존재(곧 삶)는 작품 「길(道)」에서도 현현한 바와 같이 '그 길에는 완성이란 없다 /

완성이란 죽음'이라는 결론과 함께 '뜬구름 같은 우리들의 삶 / 도전하고 지나갈 뿐 / 길에는 수많은 애환 묻어있고 / 석양 붉은 노을 버리고 / 발자국 남을 뿐'이라는 자성自省의 어조로 삶을 인식하고 있는 것이다.

2. '세월의 이정표'에서의 감응

김하영 시인에게서 심도深度있게 탐색하는 중요한 시점은 시간성에 집착하고 있음을 간과看過할 수 없다. 그는 '세월'이라는 흐르는 시간에 대해서 시적인 상황이나 주제의 메시지를 차원 높게 발산함으로써 다변적인 이미지를 재생하고 있다.

어느덧 칠순 접어들면
시간 흐름 급류 탄다
하루가 열흘 같다고 할까

하는 일 없이 친구한테도
전화도 뜸해 시간 흐르면
어느 날 뚝 끊긴다

이럴 때 내가 노인임을 깨닫게 된다
늙어가면서 신선처럼 사는 이도 있다
모든 것 사랑도 미움도 놓아버리고
성냄도 탐욕도 어리석음도 놓아버리고

이제 삶에 걸림이 없다
올라갈 극락도 천당도 없다
자연으로 돌아갈 뿐이다

　　　　　　　　　－「세월의 이정표」전문

　김하영 시인이 제시하는 '세월의 이정표'는 '칠순'
과 시간의 급류를 일치시키면서 그 세월이 던져주는
재생의 메시지로 자아를 인식하는 성찰의 주제가 그
의 내면에 깊이 잠재해 있음을 이해할 수 있다.
　그는 '하루가 열흘 같다'거나 '이럴 때 내가 노인임
을 깨닫게 된다'는 유수流水의 시간, 즉 무정세월약류
파無情歲月若流波를 실감하고 있는 현실적인 삶에서 자성
의 어조를 통해 그는 인생관의 새로운 경지를 분사噴
射하고 있다.
　그가 '성냄도 탐욕도 어리석음도 놓아버'려서 '이제
삶에 걸림이 없다' 그리고 '자연으로 돌아갈 뿐이다'
라는 그의 결론적인 진실은 바로 그가 탐색하면서 구
현하려는 시적 정황(situation)이 고차원의 주제를 투영
하고 있는 것이다.

여보게 어찌 세월이 빠른가
내가 너무 세월을 보냈는가
어쩌다 이렇게 많은 시간 보냈나

세월은 의식 없이 흘러가고

뒤도 되돌아보지 않구 마구 달려

어려서 찰떡 동무하며 놀던 때가 바로 엊그제
개구쟁이 발가벗은 옛날 친구가
세월에 얽매여 곁눈질 못하고
웃음만 든다.

지금은 고희를 맞은 나이
남은 여생 즐겁게 살자

— 「친구」 전문

그는 이처럼 흘러가는 세월에 대한 아쉬움과 지나온 감회를 '친구'에게 호소하고 있다. 그가 마지막 결론으로 제시한 '지금은 고희를 맞은 나이 / 남은 여생 즐겁게 살자'는 그의 진솔한 어조는 그가 지금까지 살아온 삶에 대한 자성의 의미도 있지만 '세월'에 대한 아쉬움이 그의 내면을 지배하고 있다.

그는 이러한 어조를 '지금까지 살면서 무얼 했어 / 쩌다 이렇게 많은 시간 보냈는지 / 돌이켜보면 허무감만 든다'는 회상의 심중에는 한생의 다양한 감회와 동시에 '어쩌다 이렇게 많은 시간 보냈나'라는 회한悔恨의 진실도 엿볼 수가 있다.

김하영 시인은 이렇게 세월을 통한 시간성의 시적 의미와 시간과 우리 인간과의 상존관계에서 생성하는 많은 이미지들이 창출되고 있는데 대체로 다음과 같이 정리해볼 수 있을 것이다.

- 살아가는 동안 당신의 사랑 안에서 보람된 세월歲月
  을 위해 (「고희」 중에서)
- 억겁 세월 속 비천하는 에밀레종 / 오늘도 해탈의
  몸으로 / 천년 세월 속 건재하고 있다(「에밀레종」 중
  에서)
- 사람의 왕래 업業 따라 / 살아가는 저들의 모습 / 세월
  은 유수流水같이 흘러간다 / 한겨울 햇빛도 짧다(「반
  복의 시간」 중에서)
- 중심 잊지 않고 오늘 하루 무탈하게 / 지내는 세월
  이 되자(「우정」 중에서)
- 경칩이 하루 전 / 개구리는 보이질 않는다 / 하루하루
  유폐된 삶 세월엔 장사 없다(「새벽길」 중에서)
- 새로운 내 모습 / 현재의 내 생활 / 세월은 빛과 함께
  흘러간다(「희망의 길」 중에서)

그러나 '시간＝나이'라는 보편적인 개념도 그에게는
상당히 중요한 인생관으로 작용하기 때문에 '반복되는
습관 불면의 밤 / 이어지는 밤 숙면 청해도 불면 / 나이
먹은 육신 행동도 둔해(「불면의 밤」 중에서)'라는 어조로
실제 상황 real life에서 자의식自意識-self consciousness
의 흐름을 정리하고 있다.

이 모두가 그가 현재 시간에서 추적하는 과거, 현
재, 미래의 현상들이 우리 인간들과의 상관성에서 탐

색하고 나아가서는 구현하려는 어떤 지적知的인 기원들이 시로 형상화하거나 주제를 창조하는 그의 인생론이 대체적인 시맥詩脈을 이루고 있음을 이해할 수 있게 한다.

3. 시의 사회성과 시적 진실

김하영 시인은 지금까지 자신에게서 스스로 탐구하는 내적內的인 사유에서 자신을 인식하거나 성찰하는 시법으로 창작해왔으나 이제는 그의 시점視點을 외곽으로 돌려서 사회적인 문제에 대해서도 많은 관심을 투영하면서 시의 목적성에 접근하고 있음을 간과하지 못한다.

우선 그가 천착穿鑿하는 사회적인 문제는 세월호 사건으로 많은 인명을 앗아간 일과 '뇌물천국'이라고 현실적인 실상을 고발하는가 하면 '광화문 촛불 밝히며'와 '독도'문제 그리고 통일문제에 까지도 그의 시선과 감응이 이어지고 있는 것이다.

희망 노란 물결 5월도 저물어
서울광장 세월호 합동분향소
원망과 분노 희망이 바람에 펄럭이고

소망의 종이배 쓸쓸히 광장 지켜
세월호 영혼들 바다 위 떠돌건만
너무 쉽게 잊어가고 있는 건 아닌지

영원히 기억해야

서울광장 어둠이 내린다

- 「너를 잊겠니」 전문

우리의 온 국민이 안타까워하고 분노했던 세월호 사건이 아직도 잊혀지지 않고 있다. 아직도 시신을 수습하지 못한 분도 있다. 그들의 영혼이 바다 위를 떠돌고 있다. 서울광장에 합동분향소를 만들어 국민들이 애도의 물결이 출렁였다.

그는 이러한 사회적인 문제에서 분노와 원망이 넘치지만 실낱같은 희망도 엿보게 한다. 또한 이러한 사건들을 '너무 쉽게 잊어가고 있는 건 아닌지' 걱정하고 있어서 우리들의 공감은 확대되고 있는 것이다.

그리고 그는 작품 「너희를 어찌 이대로 보내겠니」에서도 '슬픔에 싸인 안산고 / 읽지 못할 글들이 노란 리본에 달아 / 얘들아 미안하구나 // 한 사람 세월호 선장 때문에 / 죽음을 맞이해야 되니 / 포기하지 말고 살아서 돌아오라'는 애절한 메시지로 그들의 영혼들을 위로하고 있다.

민족의 영산靈山 백두여

물안개 가물가물 천지가 요동

뼈아픈 6.25 전쟁 65년의 이산의 아픔

철조망 사이 두고 남과 북 총부리 겨눠

하늘 날으는 새 철조망 넘나들어

자유 느끼는데 우리는 언제까지 냉전인가

백두산 천지 물안개 휘감겨

계절별로 꽃도 만발하는데

남북한 사람 손잡고 통일의 그날까지

기도하고 기다려 보자

— 「백두산 천지」 전문

그렇다. 김하영 시인은 우리의 최대 소원인 통일을 위해서도 지대한 관심을 표명하면서 시적 상황과 소재로 활용하고 있어서 국민적 염원이 바로 시적 이미지로 현현하는 작품을 많이 대할 수 있다.

그는 백두산에 등정登頂하여 '뼈아픈 6.25 전쟁 65년의 이산의 아픔'을 회상하고 '철조망 사이 두고 남과 북 총부리 겨'누고 '냉전'을 계속하는 민족적인 고뇌를 토로하고 있다. 이러한 작품은 「광복 70년」, 「독도」, 「장백폭포」, 「어느 유월」 등에서 그가 평소에 간직한 국가관이 명징하게 발현되고 있어서 다시 한 번 통일을 기원하는 계기가 될 것으로 믿는다.

이제는 가족이라는 개념이 변하고 있다

직계直系만 있고 방계傍系가 없었지고 있다

이모 삼촌 사촌도 없어지고 있다

자녀子女도 나 홀로 된다
거기에는 배려나 협조라는 개념도 자라지 않는다
애국심만으로 자녀를 더 낳지 않고 독신으로 사는 사
람이 늘어난다
공동共同 사회가 아니라 공동空洞 사회로 변한다
　　　　　　－「세상은 거꾸로 간다」 중에서

　김하영 시인은 이처럼 사회적인 의식은 우리들 내
면에서 곪아가는 도덕성을 지탄하고 있다. 실제로 가
족개념이나 족보族譜가 흐려지고 개인주의가 만연하는
사회적인 문제로 확산하고 있어서 식자識者들의 염려
가 커지고 있는 실정이다.
　그는 다시 작품 「2015년 청양의 해」에서 '세속 풍
속도 잃고 산다 / 예절도 모르고 망나니같이 / 이웃 간
배려도 사라졌다 // 모든 거 잊고 사니 풍습도 예절도
잊어간다'는 어조로 개인주의, 이기주의, 물질주의를
한탄하고 있어서 국가적인 정책적 대안이 마련되어야
하는 문제가 대두되고 있다.
　이 밖에도 작품 「구의역 19살 청년의 죽음」에서 생
활전선에 뛰어든 첫 직장의 청년에게 보내는 애도의
메시지와 「아라뱃길」에서 국가의 국책사업으로 조성
된 뱃길이 무용지물이 된 아쉬운 '침묵'의 강물과 「들
꽃의 눈물」에서도 수해로 쓸려간 버스에서 목숨을 앗
긴 비극에 대해서 '인간생명 잠시 머물다 떠나가는 /
존재 잊지 말아야 한다'는 어조로 생명 경시輕視의 풍

조를 경계하는 시적 진실을 감도感度 높게 비판하고
있다.

현대시는 어차피 인간과 사회가 동질의 가치 추구
를 위해서 동행하게 되는데 어떤 형태로든지 서로 교
류하면서 사회를 형성한다. 시는 순수하게 생활과 사
회로부터 동떨어진 아름다움만을 추구하는 것은 아니
다. 사회적인 위기감이나 부조리, 불합리 등의 행태를
비평하면서 거기를 탈출하려는 속성이 있는 것이다.

4. 만유萬有의 자연과 통섭의 의미

김하영 시인은 정적의 자연을 유영하는 서정시인이
다. 그가 만유의 자연과 통섭하면서 거기에 내재된 의
미의 깊이를 통찰洞察하고 있다. 그것이 자연 사랑이며
자연 서정의 원류이다.

하늘에 갈 길이 있다는
새들은 안다
하늘 날던 새 흔적을 남기지 않는다
높이 날지 않을 만큼

밤하늘 별들이 가는 길을 안다
하늘 날으는 비행기 항로 따라
안전하고 지정된 길로 날아간다
궤도 벗어나지 않는다

인간도 가야 할 길과 가지 말아야 될

분별심 있어야 한다

　　　　　　－「새는 나는 길을 안다」 전문

　김하영 시인은 이 시집의 표제시가 되는 이 작품에
서 하늘과 새, 별과 인간의 대칭적인 시의 구도를 설
정하고 '길'이라는 대명제를 탐색하고 있다. 그는 이
시집 전체의 방향을 적시하는 자연과의 친화적인 서
정의 개념이 시법으로 정리되고 있는 것이다.

　그는 '하늘에 갈 길이 있다는/ 새들은 안다'는 점과
'인간도 가야 할 길과 가지 말아야 될/ 분별심 있어야
한다'는 결론은 바로 동화同化된 인간과 자연의 친밀한
교감의 정점에 착목着目하고 있어서 그가 감응하거나
관조觀照하는 외연外延은 그에게 많은 정감을 제공하고
있는 것이다.

　다시 김하영 시인은 사계절의 변화에서 추출하는
이미지가 다채롭게 발현되고 있는데 몇 부류로 정리
해보면 다음과 같이 변별辨別할 수 있을 것이다.

　－ (봄)「봄날의 행복」꽃샘바람 찾아든/ 화창한 월드
　　　　컵 공원/ 그냥 발길 멈춰 라일락 향 취해/ 좋
　　　　은 봄날 계절 만끽하고// 들과 산엔 연초록 향
　　　　연/ 한강 물 은물결/ 강바람 나무 그늘/ 잠시
　　　　쉬어간다
　－ (여름)「잣나무 숲」하늘 향해 곧게 뻗은 잣나무/

그늘진 나무 사이 / 햇빛 비춘다 // 높이 뻗은 울창한 숲 / 계곡물 찾아온 피서객 / 넓고 깊은 숲 내음 피톤치드 / 가슴속 스며들어 / 잣나무 숲 사이로 / 새의 맑은 소리 / 8월 땡볕도 시원한 바람 / 살갗으로 들어온다

— (가을)「가을편지」늦가을 뒷동산 올라 / 떨어지는 나뭇잎 / 더 깊이 사랑할수록 / 아름다운 것이라고 노래하며 // 떨어지는 나뭇잎 춤추며 / 사라지는 한편 무의舞衣 마지막 / 공연 보듯이 조금은 아쉬운 마음으로 // 떨어진 나뭇잎 바라본다 / 바닥에 수북이 쌓여있는 잎 밟아보며 / 바스락 소리 // 나의 시간 지켜보듯이 / 깊어가는 가을 바라본다

— (겨울)「겨울 나목(裸木)」어느덧 봄 여름 가을 긴 터널 지나 / 앙상한 가지만 / 검은 상복 입은 채 / 매서운 한파 아랑곳하지 않고 // 긴 여행 끝내고 봄을 맞을 준비 / 온 산천 흰 옷으로 갈아입어 / 눈 덮인 포근한 대지 어머니 품속 같다 / 긴 잠 깨어 봄의 새싹이 돋아난다

이처럼 그는 계절의 변화에 따라서 깊은 서정성으로 그 계절에 적절한 이미지를 재생하는 시법이 더욱 명징한 공감으로 흡인시키고 있다. 그는 '들과 산엔 연초록 향연(봄)'에서 생명의 발현을, '8월 땡볕도 시원 바람(여름)'에서 생명의 약동성을, '나의 시간 지켜

보듯이 / 깊어가는 가을 바라본다(가을)'에서 한 인생의 우수憂愁를 그리고 '눈 덮인 포근한 대지 어머니의 품 속 같다(겨울)'는 한해의 안온한 마무리의 이미지가 흐르고 있다.

그러나 김하영 시인의 서정은 그의 감정이입感情移入 -fintuhlung : 인간이 대상에게 자기의 감정을 이입하고 공감함으로써 미美가 성립되고 예술이 예술로 된다는 입장<독일의 심리학자 립스 포르게르트> 이 진솔하게 적시되고 있음을 알 수 있다. 이러한 상황의 설정은 꽃, 산, 파도, 바람, 달팽이 등등 그의 시점에서 모두가 하나의 이미지로 발현하여 좋은 작품으로 창조되는 특성을 읽을 수 있으며 이와 같은 현상은 다시 그의 시정詩情으로 그리움이나 만남 그리고 연정戀情 등의 주제로 형상화하게 되는 과정을 이해하게 된다.

김하영 시인이 상재하는 시집 『새는 나는 길을 안다』는 그가 보편적으로 구상하고 느낀 바, 만유의 자연 사물이나 내적인 관념이 승화하는 시법이 곧 자아를 인식하고 성찰하는 다단계의 심적 모색이 적나라하게 현현되고 있어서 많은 공감을 유발하게 한다.

그러나 시의 마력적인 의미를 안다면 아름다운 인생을 알게 되는 것처럼 우리의 영혼을 뜻대로 이끌어나갈 수 있는 작품을 창작하는데 열정을 숙명적으로 쏟아나가야함을 명심해야 한다. 시집 출간을 축하한다. ✍

김하영 시집

새는 나는 길을 안다

1판 1쇄 인쇄 / 2017년 12월 1일
1판 1쇄 발행 / 2017년 12월 6일

지은이 / 김하영
펴낸이 / 김송배
펴낸곳 / 도서출판 시원
등 록 / 2000.10.20. 제312-2000-000047호
03701. 서울시 서대문구 연희로 11사길 16-4
전 화 : 010-3797-8188
E-mail : siwonbook@hanmail.net
Printed in Korea ⓒ 2006. 시원
찍은곳 / 신광종합출판인쇄
배부처 / 책만드는집 (Tel 02-3142-1585)
04022. 서울시 마포구 양화로3길 99. (지하)

ISBN 978-89-93830-28-6 03810

값 / 10,000원